CONFESIONES DE AMOR

Juan Pedro Molina

Gioconda Librairie

Impreso en Valencia, España
ISBN : 978-84-09-23302-1
Deposito legal: V2022-2020

Dedicado a mi madre Rosa Laureana Gari,

que me dio la vida y a Vicente del Bosque, quien

generosamente extendiendo su mano,

me la devolvió.

TABLA DE CONTENIDO

Poemas

Cuentos

Anotaciones

PRÓLOGO

De la poesía se ha hablado, se ha escrito tanto… Este prólogo no será una excepción, se hará lugar en él también para ella y se escribirá, por ejemplo:

Las poesías, las obras poéticas han sido desde su creación llamadas a descubrir el sentido de la vida, no en sí el sentido universal que podamos atribuirle, sino aún más significativo, aquel que cada uno desde su ser le encuentra y sostiene con orgullo y firmeza.

La vasta producción poética ha sido generosa y diversa en su andar histórico, pero sin duda lo que ha permitido su vigencia, fue y es lo esencial en ella; entonces, su espíritu lírico emergiendo en una constante, desde la profunda necesidad del poeta de evocar sus emociones.

Refiriéndonos a la obra de este libro, en ella reina el ambiente subjetivo propio del romanticismo, donde el «yo» del poeta libera sus pasiones, sus ansias de vida y libertad dando forma al verso desde lo más profundo de su ser, de allí la percepción de cierto tono confidente o autobiográfico.

De ella se puede decir también que sus formas y palabras elegidas conllevan un carácter elemental, permitiéndonos una lectura clara, directa, dejando al desnudo lo esencial en una obra poética; entonces, la imagen emotiva del verso, la cual es mostrada o dicha indistintamente, pero en ambos casos logrando el fin feliz de movilizar las emociones del lector.

La obra es muchas veces profunda y su profundidad decanta, ahonda en la producción psicológica de las almas pronunciadas en sus versos y en la pasión desmedida con la que aman.

Nos queda decir de los poemas en tributo a personalidades aparecidas en la obra, que fueron realizadas con el máximo respeto hacia las mismas y con la única intención de agradecerles lo tan bello que han aportado al arte y desde luego a la vida.

Nos queda decir de la poesía: estamos infinitamente agradecidos por dejarnos hallar en ella un lugar bellísimo del mundo, donde el don de nuestra voluntad casi absoluta todo lo puede, hasta lograr esperanzarnos aún más en esta otra travesía tan difícil, aunque tantas veces hermosa que es la vida.

17

POEMAS

Luci della città

Aquí,
es más aquí,
es para ti
para que…
porque yo…
para que no me olvides.

Es de pétalos claros
es… bueno… Así como tú,
eso creo.
Es… como tus ojos,
como tu sonrisa…
y todo,
todo ello tan bello
que hay en ti…

> *« Homenaje a Virginia Cherrill y Charles Chaplin*
>
> *en la Película "Luces de la ciudad»*

Amada en la noche

De la noche primera

de la alegría en tus labios,

de tu mirada tan bella

eran tus ojos en vela,

era el amor renaciendo sueños e ilusiones

de que por mí te decidieras.

De los días en vigilia,

a esa noche tan hermosa y primera,

era el silencio en mis labios, al estruendoso amor

que ahora me desvela.

De la ternura en tus manos,

de la suavidad que hay en ellas,

se inundaron mis labios de la dulzura más intensa.

De que me lleves de lado y me pierdan tus manos

y me iluminen tus ojos con la alegría que llevas,

se ilusionan mis días como aquella hermosa noche,

aquella, tan hermosa,

en que te amé por vez primera.

La esperanza de tu amor

Y las horas repetidas de tu encanto
han sido una vez más tuyas y mías.

Y no le temo a casi nada,
solo a la desesperanza,
cobijando miedos que ya no nos alcanzan.

Sonríe tu boca alegría,
ella también se hace mía,
es la inmensa fuerza que me va llevando.

Pido algo más esta noche de ti,
antes de que desaparezca fugaz la estrella.
Pido sigas sonriendo.
No pierdas la fe en amor,
él está en cada instante,
en cada momento de la vida.

Cuando me amas…

Cuando me besas por las noches
y te quedas a mi lado
compartiendo la única almohada,
la cama que nos estrecha y todas nuestras ansias,
se me quedan la luna y el cielo colgados de la ventana.

Cuando un guiño de tus ojos
me despierta en la mañana y me cubres con tus fuerzas
confesándome al oído, aún más
de ese amor que me calma,
se me quedan el mundo y la vida
colmados de alegría y esperanza.

Cuando ríes o callas y me miras o me nombras...
Cuando simplemente estás o impasible regresas
aferrándote a mis ansias...

Cuando todo lo intentas
para que de tu amor no me falte nada...
Le doy gracias al cielo
por traerme tanto amor a mi alma.

La despedida

Te vas, te estás yendo, y yo que sin ti me pierdo...
No te alejes siquiera este instante,
sigue mirándome sin entender lo que siento.

Es inmensa y fría la noche
y aún así en ella
desnudas mis labios a cada beso.
A cada beso me olvido, me voy olvidando,
te irás y yo que sin ti me pierdo.

Ahora son mías tus manos y el cielo de tus ojos
y el de la noche fría en que te estoy teniendo.
En ella se duermen mis labios a cada uno de tus besos,
Se duermen para que en sueños sigas estando,
como en este instante,
todos los instantes en que te estoy queriendo.

Esta noche

No me dejes esta noche,
no te lleves la mirada,
no te quedes en silencio,
no te calles las palabras.

No me dejes esta noche,
no me olvides
cuando llegue la mañana.

Cúbreme de besos,
abrígame en tu alma,
búscame en la piel
búscame esta noche
y quédate…
Quédate aquí junto a mí
entre tu piel y mi alma.

La inmensidad de tu amor

Anoche estabas en mí...
gritaste todo tu amor
en susurros, besos y ansias.

Ansias desnudas de ti, de todos los miedos
que tanto callabas.

Anoche me di cuenta una vez más
en la inmensidad de tu amor
encuentro la paz, hallo la calma.

Anoche después del amor,
la bondad de tus manos
me dieron aún más amor,
me dieron también las palabras…

Palabras que solo del amor…
palabras que vienen,
desde muy dentro del alma.

El amor después del amor

Hoy te he vuelto a ver
y aunque se queden las manos vacías como debe ser
porque ya no eres la misma ni yo el de ayer...

Hoy siento que todo tuvo razón de ser,
una razón muy válida, muy bonita
que es la de querer.

Nos acompañamos, nos dimos, nos quitamos,
nos perdonamos,
nos quisimos y al fin nos olvidamos
como muchas veces tiene que ser.

Porque así no nos quedamos solos,
y al fin una vez más lo intentamos,
al fin una vez más volvemos a querer.

Por ti

De ganas muero
de intentarlo,
de correr hacia ti,
de tomarte de las manos
y mirarte a los ojos
y decirte que es verdad
que te quiero tanto...

De ganas vivo
de escucharte
y te decidas por mí,
y aunque no sea así
sé que valdrá la pena intentado.
Es que también lo habré intentado por ti
y así tuvieras tu amor,
tan solo este amor
que de ganas,
se muere y vive por ti.

Carta a mi amada

Nadie, siquiera Goethe puede comprender
los estragos que hace en mí el desamor.

Desde que decidí no escuchar
lo absurdo del mundo...
¡Para qué lo vano de atender y escuchar
lo tan absurdo... para qué!

Amada mía cuando me pierdo en mis adentros
y hallo la dulzura de tu voz y la comprendo,
me quedo en ella,
ella es la sinfonía que más me eleva,
el concierto que aún espero.

Tosco, necio, intratable... ¡Qué más da si no te tengo!
Desde que decidí no escuchar más que tu voz,
desde esos tiempos te espero...

Ya no amaré a más nadie... Te esperaré y si no regresas,
al menos te tendré en mis adentros...
en todo este mundo que de ti llevo dentro...

Pero aún guardo la esperanza de tu regreso.

Esperando estoy, la dulzura de tu voz me sorprenda una
noche diciéndome:

Aún amado mío, aún en mis noches he de quererte…

En mis noches, en mis sueños…

Primavera de 1820
Ludwig van Beethoven

Encantado de ti

Y qué me pasa que no me pongo la chaqueta
y me dejo de excusas,
y voy y te digo de una buena vez
que me tienes encantado.

Tu sonrisa divertida,
tu mirada traviesa me tienen encantado.

Anoche vi luz en tu balcón,
me detuve ante él,
traté de intentarlo,
pero no hubo caso,
no iba lo suficientemente borracho.

La maldita cordura
no me dejó gritarte desde la calle
que eres especial,
que eres la única que me tiene encantado.

El soñador y la barca

Mira, esa barca que ves ahí es mía.
Esa que tiene velas altas y blancas
y es muy antigua.
Está en el muelle otra vez.
A veces se va por las noches
y regresa al alba casi de día.

No sé si tenía otro dueño.
No sé si alguien más la quería.
Nunca la he comprado lo confieso.
Ni alguien vino a regalármela algún día,
pero lo juro: es mía;
lo digo para que me creas
y así me acompañes
y juntos naveguemos en ella algún día.

Ella y yo una tarde de verano
que lentamente desvanecía
y sin que nadie se diera cuenta,
partimos en silencio
en el estruendo de nuestra alegría.
Navegamos mar adentro

en medio de aguas tranquilas,

y así solitarios anduvimos los días.

Las noches eran inmensas como nunca,

inmensas de estrellas

que brillaban llenas de vida y…

A veces era la luna nuestra bondadosa guía.

Una noche de esas fue la noche más bonita.

Nos impulsaron aún con más fuerzas

las suaves brisas.

Yo dormía en cubierta

mientras la barca ya cansada se mecía, y soñé…

Soñé ese día en que te conocía,

en él sonreías, mirabas llena de alegría,

y desde entonces ya no quise despertar,

quise seguir en mi barca,

soñándote toda una vida.

La lluvia

Qué bonita es la ciudad cuando llueve
y los niños jubilosos
sacan sus pequeñitas manos
por los balcones,
y saludan y juegan y ríen y cantan,
porque al fin la perdida lluvia
ha regresado a casa.

Qué bonita está la joven
ya casi madre y descalza,
ha salido al balcón a saludarla.
Ha salido con su niño aún en vientre,
ha querido que él también la saludara,
y ría y juegue y cante,
porque al fin la perdida lluvia
ha regresado a casa.

Qué bonita es la ciudad cuando llueve
aunque sus charcos no sean de barro
y sus aceras estén mojadas
y hoy esté solo aquí
y aún no regresas a casa,

pero las flores están saliendo
y la primavera viene arribando,
y con ella tus besos dulces,
tus besos dulces
regresando al fin a casa.

Esposo mío

Hoy estuve recordando
pensando en ti,
en ti que lo eres todo
que lo haces todo de corazón
y cómo pasa el tiempo...

Hoy estuve mirando nuestro retrato.
Lo tomé sin despertarte,
lo tomé y ahí estabas,
tan hermoso ese día...

Escucharte ese día prometiendo tanto amor,
me llenó de orgullo, de alegría el corazón.

El tiempo, los años fueron pasando
y vinieron los niños y nos alegraron la casa;
ellos nos dieron su amor,
y con ellos los momentos de la vida:
los buenos, los difíciles,
y aquí estamos los dos
aun queriendo ser dos,
muy juntos muy unidos

recorriendo el camino,

el camino que un día

nos hizo emprender el amor.

Inténtalo

Inténtalo una vez más...
No te quedes sin saber
si él te hubiese querido,
si lo hubieses podido amar.

Inténtalo, mírale a los ojos, dile la verdad,
que solo a él le quieres
y solamente a él puedes amar.

Que podrá doler el rechazo,
pero aún duele más la soledad,
y no saber nunca
si él te hubiese querido,
si lo hubieses podido amar.

La flor más bonita

Si tuviera esa flor,

si la tuviera en mi jardín

me quedaría a su lado

y la abrigaría en mis brazos

estas noches tan frías

estas noches de abril.

Si se quedara aquí,

aquí tan cerca de mí,

le diría cuánto la quiero,

le diría si se quedara

me haría el más feliz,

y que jamás vi flor más bella

que llegara a mi jardín.

La embriagaría de besos

y le diría que es cierto,

aún sueño ser su jazmín,

y desde siempre

la he esperado

para hacerla muy feliz.

Momentos lindos/bonitos

Compartir
un día nativo y de recuerdo una vela,
un momento lindo, uno más.
Un cumpleaños de una amiga y otra amiga
divertida y una copa más.

Probando algo de suerte en el bingo,
o un reencuentro en la peatonal
que me hizo dar cuenta,
me querían de verdad.

Cómo olvidar que en mi día supieron estar…
Si Picasso hubiese retratado esa noche,
esa magia, la alegría del lugar…
El moño naranja,
del ramo de flores hermosas
que otra amiga
aún más pequeña ayudó a recoger,
y que aún guardo orgulloso en un libro de Gabriel
de tantos años de soledad.
Y un sobre colmado de cariño que les digo:
pasarán sobres pasarán pero ese amigas,

quedará entre las suvenires más hermosas
que en mi corazón pueda guardar.

Desde siempre

Desde las noches más profundas,
desde los cielos más serenos,
yo te busco vida mía
y es así que a veces te encuentro
dormitando sola en la casa
escabulléndote en los silencios,
silencios que a veces te dejan
quererme todo este tiempo.

Desde lo más profundo de mi alma,
desde aquel rincón más secreto,
yo quisiera vida mía,
traerte todo ese amor que de ti llevo dentro
y al descubrirlo quisiera no te asombre,
se pueda querer así
tanto como te quiero.

Desde que te vi por vez primera,
desde cuando aún no te conocía,
desde siempre yo te busco,
desde siempre vida mía.

La plaza

Aquella tarde
me dijeron regresabas,
ansiosa entre la gente
me buscabas,
preguntabas por mí,
y sin hallar respuestas
te marchabas.

No sabía aún que en las noches
me recordabas,
y en las tardes de lluvia
a nuestro lugar de siempre regresabas.

No lo sabía
pero desde que lo supe
ansié este momento nos llegara,
para al fin de todo lo tan bonito y nuestro,
ya no te faltase nada.

Mi niño, mi sueño…

Quiero verte la vida.

Despertarte los sueños.

Verte sonreír

y de ti me enorgullezcan

tus pasos primeros.

Cubrirte los cielos

de blancos tules,

y así nada interrumpa

tus plácidos sueños.

Mirarte a los ojos, curiosos, inquietos.

Mirarlos y en ellos hallar un esbozo,

de ese amor tan inmenso

que hay en ti mi pequeño.

Amor a distancia

La noche de anoche no fue una noche más,

me quedé soñando despierta,

en mis brazos volvías a estar.

Si no fuera por la distancia te digo

sentía te abrazaba de verdad.

Estabas tan bonito anoche, mirarte a los ojos,

quedarme en ellos , para qué decir más,

sabes bien, te volvía a amar.

Si no fuera por la distancia te digo sentía tus labios

los podía alcanzar.

Te besé como loca, desesperada,

como si supiera de un momento a otro

te dejaría de soñar.

Anoche, anoche no fue una noche más.

Si no fuera porque me decías las cosas más bonitas,

esas que de ti ansío escuchar.

Me decías: amor, amor de mi vida ya no desesperes,

estoy a tu lado, ya no me sueñes más.

Si no fuera por todo ello
por todo el amor que me das,
no creería anoche, amor de mi vida,
me amaste una vez más.

Un tonto que te quiere

No querrás algún día un tonto…
bueno… uno así como yo?

Uno que te susurre al oído
una mañana de esas que no sea cualquiera
sino una de los dos:
Estas flores, estos versos,
mis días enteros son para vos.

Uno… uno que no sea tan tonto
de no creer en el amor.

Uno que comprenda de los estragos de las ausencias
de las distancias y sin que te des cuenta de ello,
se quede noche y día velando por los dos.

Uno que en la complicidad de tu mirada
siquiera sospeche que en él
nunca habrá lugar para otra y sí
y siempre para tu amor.

Uno que comprenda de cuanto le quieres,

y así no haga tonterías que borren en ti

la sonrisa más bonita,

la sonrisa que un día me devolvió la ilusión,

la ilusión de que encuentres en mí a ese tonto,

tan solo a este tonto que te tiene tan presente

y que por ti lo siente todo

todo lo tan bonito

que hace sentir el amor.

Vida mía

Yo quiero, si me voy algún día,
me des tus besos,
solo tus besos me des y de tu amor
también las caricias.
Las quiero para mí,
las quiero son mías,
un día lo prometiste,
no lo olvides vida mía.

Si me voy, si esos días llegan
no quiero me olvides
aunque ya no seas para mí.

Sé que no estarás junto a mí,
que deberé intentar amar a otra,
aunque solo te amé a ti,
y me quedaré en las noches
soñando despierto,
soñando mis versos me regresen a ti.

Yo quiero también si me voy algún día
ese abrazo jamás sea de despedida

y me estreches tan fuerte, pero tan fuerte
que ya nunca más vida mía,
ya nunca me dejes ir de ti.

Eres

Bonita de los pies hasta el cielo,

Bonita muy bonita, y es por ello que a ti solo te quiero.

Bonita hermosa hasta esas alturas,

y desde muy dentro tuyo

hasta aquí en lo profundo

desde donde te estoy queriendo.

Bonita hermosa muy bonita,

por ese amor tan dulce que llevas dentro,

por ello eres bonita y por tus ojos de alegría.

Por todo bonita, muy bonita mi amor.

Bonita desde la planta de tus pies.

Bonita desde ti hasta el cielo

Poesías para ti

Te darás cuenta,

cuando pase ante ti,

y al mirarme te quedaras en mí...?

Tal vez nunca pases por aquí…

Tal vez deba ir al mundo

a buscarte muy lejos de aquí.

Escribiré poesías, escribiré tantas...

Que ya todas en un libro viajarán hacia ti,

te dirán de mis sueños

que aún esperan por ti,

y aunque nunca te des cuenta,

siempre esperaré por ti,

y así este amor nunca será de otra

y sí y siempre para ti.

Por ella

De amor uno vive,
se desespera una tarde cualquiera
para verla, para quererla a ella.
Ella dueña de mi corazón,
de mis alegrías y penas.

De amor uno se emociona,
triunfa, pierde, se ilusiona, se desilusiona
y vuelve a empezar una tarde cualquiera
inevitablemente hacia ella.

De amor uno tiembla,
rompe en llanto, de alegrías y penas,
se libera o más aún se apresa
en el anhelo de sus besos,
sus caricias, en toda ella.

Ella dueña de mi corazón;
yo cautivo de ella,
de todo su amor,
de toda su belleza.

Súplica

Quiéreme si quieres,
quiéreme hasta cuando puedas,
en silencio, en secreto,
a tu manera, pero quiéreme...

Quiéreme siempre que yo necesito
que me quieras.

Quiéreme así sin saber
todo lo que te quiero,
que si lo supieras
te daría miedo querer así,
con todo el corazón
y alma entera.

Tu mirada

Puedo intentarlo esta noche,
puedo salir a buscar y encontrar en ti
la más bella mirada,
y a ella perderse en la nada
olvidándose en el tiempo,
escabulléndose en silencios
que ya no te calman.

Inventándote excusas que de ti me distancian.
Llevándote lejos pero tan lejos de mí
que tan solo puedo intentarlo,
puedo salir a buscarte en la inmensidad de esta noche
e intentar encontrar en ti
la más bella mirada.

Tu enfado y mi soledad

Me darás un beso,
me lo darás, antes de que nos venza el sueño,
y aun así me quedé a tu lado
pero en soledad?

Por qué no me besas,
sé que te hice enfadar,
es que te quiero tanto,
y bien lo sabes,
y aun así no me lo quieres dar.

Qué voy hacer esta noche
si no me quieres besar...
ya no podré abrazarte,
ya no tendré ese amor que de noche
siempre me quieres dar.
Ni me dejaras besar tus manos
diciendo con ello
que me quieras un poco más.

Quisiera mi amor un beso esta noche,
tan siquiera el más pequeño de ellos

y nada más,

pero mañana no te olvides

dejarme besar tus manos,

que yo necesito siempre

quererte un poco más.

Surrealismo

Si tuviera tus manos,

pálida esencia de mi descuido,

surgiría, bebería y sentiría

pasos, huellas de mi destino.

Como ver hacia atrás,

irrumpir en el atiborrado desván.

Alegrías, penas ardientes.

Claroscuro que aun perece.

Juegos de tus manos

fingidas en lo cierto,

alimentan descuidos.

Hacia atrás pasos infinitos.

La Espera

Dime Theo, cuando regresara y se quedara al fin
todo tiempo en mí.
La espero, impaciente la espero.

A veces como ayer Theo. Sí,
como ayer cuando estuvo aquí,
aquí tan cerca de mí...
Si la vieras así en su andar tan despreocupado…
Paseando todo su esplendor de sol a mi lado,
y así dorando y colmando de luz
el infinito campo sembrado.
Pero otras veces como hoy,
como esta tarde de turbulento cielo,
todo desvanece inevitable en crepúsculo.
Crepúsculo todo soy en su ausencia,
pánico oscuro, solitario.

Tú Theo que me guías hacia el descanso
y alejas todo dolor al alma.
Dime de una buena vez ahora que impaciente la espero.
Dime sincero más que siempre: ¿será que regresara hoy?

Quizá en ese último tren que se asoma a lo lejos, ¿verdad?

Quizá quiera Dios o quien sea la regrese y se quede al fin

todo tiempo en mí, en mi ser,

en este pobre espíritu que en su ausencia,

a duras penas voy arrastrando en mi y que desde siempre,

impaciente la espera.

Estación de Auvers, primavera de 1890.

En tiempos de amor.

Gabriel en tiempos de cólera
hizo del amor verdadero,
un recuerdo único que perdurará hasta siempre
inalterable en el tiempo,
en la eternidad.

Gabriel, en la soledad de esos años,
construyó un mundo tan bello
que nos lleva y nos trae y nos pierde además
en aquellos lugares que jamás se podrán olvidar.

Gabriel, sí, el mismo Gabriel
peregrino en sus anhelos,
se perdió, se reencontró en sus laberintos,
se olvidó, se recordó en sus recientes memorias,
en su pluma, su magia, intactas, prodigiosas,
esas que jamás nos gustaría ver naufragar.

Gabriel, inmensamente Gabriel,
grato es sentir que aún tenemos
quien nos escriba
y que muy a pesar del paso del tiempo

y de lo adverso,

aún quedaran las fuerzas, la esperanza

de poder en nuestros días,

cambiar el rumbo de las cosas,

cambiar la verdad.

Homenaje a Gabriel García Márquez

Puerto mío.

Pinté azul, rojo, amarillo…
Pinté verde y el espejo de tus aguas…

Pinté puerto de mi niñez, puerto de mi alma.
Pinté «Barcas de riachuelo»
y aquel «Sol de mañana».

Retratarte me daba vida
y en la bondad de tus días me renovaba.

Pinté mundo de mis mundos…
Pinté los colores que de niño jamás alcanzaba.
Pinté aquellas nubes en libertad, pinté los días, las tardes,
pinté también tus mañanas.

Sí, también a esos hombres que sin saberlo,
en óleo y lienzo se perpetuaban.

Pinté la claridad de tus besos, la mañana de tu regreso;
en ella en besos callabas, enojos, reproches,
que hasta siempre se marchaban.

Pinté y tal vez dejaré de pintar algún día,

pero de ti jamás me iré,

puerto mío, puerto de mi alma.

Homenaje a Quinquela Martín

Y tú sin saberlo

Aunque parezca absurdo,

tan solo ansiaba algo de ese sueño

que jamás alcanzaba.

La suavidad de tu trato me sorprendiese

a tu lado una cálida mañana,

y de la mano me llevases junto a ti,

aunque sea esas más pequeñas distancias,

esas que a veces recorríamos,

tú sin saber, yo ya sabiendo cuánto te amaba.

Ansiaba también me buscases en la mirada,

y hallar así en tus ojos a la más enamorada.

¡Sí, eso sí a la más enamorada!

Si no, sino ya entonces

no quería más nada.

El milagro de amarte

¡Qué bonita está la tarde!
¡Más bonita estás tú,
que sonríes como ángel!

Pero eres mujer y hermosa.
Hermosa...
Y por ese milagro de serlo
puedo amarte.

Atreverse a tu amor

Quién pudiera atreverse y llevarle flor en mano.

Quién pudiera ante sus ojos,

decirle cuánto se la quiere,

cuánto amor en uno ha despertado.

Quién pudiera ante tanta belleza cobrar valor,

sostener la mirada, declararle su amor,

pedirle su mano,

pedirla a toda ella y hasta siempre.

Siempre tenerla junto a uno,

siempre digno de contemplarla, de ser con ella, para ella

y demostrar así cuánto se la quiere,

cuánto amor en uno despierta.

Homenaje a Esteban Guvet, junio de 1821.

La brevedad de tu amor

Andaluza en tus ojos me he quedado
cautivo, impasible, enamorado
aquella breve y cálida mañana de junio
y desde entonces solo a ti he amado.

Andaluza si me vieras a los ojos,
si ese milagro pudiese ser una vez más,
te quedarías en ellos sin dudarlo,
lo harías por ver tanto amor,
por ver que solo ti puedo amar.

Me tomarían desesperadas tus manos por no perderme.
Me besarías en lo prohibido, en secreto, en silencio,
aunque estuviese todo perdido desde un principio,
aunque solo nos llegase el final.

Andaluza, si me vieras otra mañana de junio,
si ese milagro pudiera ser una vez más,
serían otra vez el cielo inmenso de tus ojos
el más bello, el más hermoso,
ese que en ti solo pude hallar.

Sabrías que solamente a ti puedo amar,

aunque ya no me vieras en adelante,

aunque solo nos llegue el final.

Correos. Central de Valencia (Junio de 2006).

En plan

En plan de encontrarte aquella tarde,
a orillas del turbulento mar, éramos y descalzos.

La noches en ti han sido apasionadas, hermosas,
las tardes en tus ojos el más bonito descanso.
Las mañanas muy muy bellas,
abrigados en nuestros brazos,
besándonos sin miedos
de que el amor nos diera tanto.

En plan de que regreses estos últimos días de verano,
en el cobijo del regazo, los pacientes versos
se han ido hilvanado,
y sea así una vez más de tu generosa cesta,
el dorado mimbre de tu amor, tu mirada dulce y
tus besos sin descanso.

Preguntas

A veces me pregunto
cuan inmenso es este amor que por ti siento,
y me digo, me sorprendo:
debe ser como el mundo, y a cuesta con todo su tiempo,
o quizá como el universo... Infinito, tan infinito
como todo lo que por ti estoy sintiendo.

A veces y no solo a veces, sino todas las veces
quisiera me buscases cada vez que te pierdo,
y al hallarme me sorprendieras,
me dijeses en secreto:
tu amor mi amor,
tu amor es el más grande,
el único que quiero.

Según pasan los años

Te amo aún aunque te sorprenda,
te amo además bajo este sol radiante de primavera.

En ella puedo verte sonreír, aunque tu sonrisa
ya no sea la de antes, la más fresca,
y aunque como buen Matusalén me dejes sola,
te desentiendas, durmiendo las tardes
en profundas siestas.

Aun te amo aunque te sorprenda,
te amo y no solamente porque te lo haya prometido,
en nuestros años de adolescencia.

Te amo aún por elegirme,
por quedarte junto a mí,
por decirme siempre que era bella.

Porque me miras así

Porque me miras así...
Y sonríes así sin darte cuenta
que me enamoras el alma...

Porque me quedo aquí…
Extrañándote así
en un rincón de la casa,
y porque solo tu llegar
me devolvería la calma.

Te doy todo,
te doy mi amor,
mis sueños
y mi alma.

Las madres hacia el colegio

El parque, las flores, el sol de la tarde inmenso.

Caminan apresuradas las madres

por el estrecho sendero.

Llevan niños de la mano,

y acaso las más agobiadas

también niños de pecho.

La alegría, el orgullo despertado por ellos,

hacen del esfuerzo cotidiano

un paseo único, irrepetible,

tal vez en un día más

pero con ellos.

En medio del camino un niño se rebela,

reniega en su calvario, a todo se niega,

es que su color favorito, el muy verde

no cubre sus cuadernos.

Pero en breve su madre sabia le consuela,

y en la más bella unidad

ya de la mano se les contempla

El parque, las flores el sol de la tarde inmenso.

Cuántos recuerdos...

Como si fuera en este preciso instante

se viene a la memoria la imagen de mi madre,

deteniéndose en el sendero.

Mirándome a los ojos, persuadiéndome tan pequeño.

Es que yo tendría cara de pocos amigos.

Es que no me gustaba ir siempre al colegio,

pero una vez dentro todo era un inmenso recreo.

Las clases eran bonitas,

aunque no me lo parecían tanto las de invierno,

pero tenía a mi seño (ella era mi maestra)

y también a mis compañeros.

Yo no me daba cuenta...

¡Qué bonito era ir al colegio!

Homenaje a mi madre

El amor después del amor

Hoy te he vuelto a ver,

y aunque se queden las manos vacías

como debe ser,

porque ya no eres la misma

ni yo el de ayer...

Hoy siento que todo tuvo razón de ser,

una razón muy válida, muy bonita

que es la de querer.

Nos acompañamos, nos dimos, nos quitamos,

nos perdonamos, nos quisimos,

y al fin nos olvidamos

como muchas veces tiene que ser,

porque así no nos quedamos solos

y al fin una vez más lo intentamos,

al fin una vez más

volvemos a querer.

A la mesa

Estás tan preciosa a la mesa...

Tus cabellos,

tus silencios caen la mirada baja,

tus pensamientos... En él,

probablemente en él...

Por ello evito tus ojos.

Oculto la mirada tras mis manos

cuan niño pequeño.

Oculto mi ridícula espera,

tu tan ansiada presencia a la mesa.

De momento,

hacia la nada desciende aun más la mirada,

ahogando estos únicos y milagrosos instantes,

en que al fin la vida me trae ante ti,

ante tu belleza que reluce en la delicadez

de tus hombros, que se encogen, se inclinan,

como excusándote de que no vinieras sola,

de que no nos hubiésemos conocido mucho antes.

Si no fuese porque sin hallar respuestas

levantas presurosa la impaciente mirada

hallándome en este desvarío,

en donde la vida al fin nos hace sentar a la misma mesa.

Al fin uno ante el otro, aunque irónicamente,

para acallar en silencio, estas las últimas palabras.

Brisbane, marzo de 2017.

The round of the friends
(La ronda de amigos)

¡Despierta, sí, tú, despierta
ven con nosotros a soñar!

Aquí en estos libros bajo mis brazos…
Aquí en ellos mis sueños, mi presente
o como bien decimos aquí *our life
and *This is the round,
the round of the friends…

Nosotros no tenemos nombres,
siquiera regla alguna,
solo nuestro corazón
compartimos con los demás.

Ven amigo despierta, vamos a celebrar
esta bendición tan bonita que es la amistad.

«Ronda de estatuas en la plaza
King George Square, 19 de noviembre 2017»

Anochecer a orillas del mar

Hoy estás junto a mí
y en este abrazo
junto a ti me quiero quedar.

Ahora la tarde se ha ido
y una vez más
la luna y su luz
nos vuelve a encontrar.

Tus labios en besos
enmudecen los míos
y hasta el mar inquieto
nos quiere alcanzar.

El olvido

Tienes que olvidarme...

Es que me quieres tanto y yo,

tan poco te quiero,

que me apenas el alma

viéndote querer así,

tan solo y perdido.

Olvídame, eso tan solo te pido.

Lo pido por ti que yo ya te olvido,

en mis ausencias, en mis descuidos.

Tienes que olvidarme aunque a veces dude

si quererte, si decirte «amor mío».

Es que me quieres tanto que a veces

me haces sentirte muy mío,

y aunque yo te quiera tan poco,

a veces siento miedo

que de otra sea todo ese amor que hay en ti

y que siento muy mío.

Tienes que olvidarme de una buena vez

y querer a otra.

Sí, a otra que yo tan poco te quiero...
aunque a veces me muerda los labios,
por no decirte «te quiero»,
te quiero siempre amor mío.

El amor

El amor viene y se va.

Me deja, me olvida,
me lleva, me trae,

me quiere y regresa,
regresa siempre una vez más.

A la vuelta de la esquina,
dicen se lo vuelve a encontrar.

Y es ella la vida
me sorprende una vez más

y por dentro con fuerza
vuelve a latir,
vuelve a vivir el amor,
a querer una vez más.

Amiga mía

Amiga, amiga mía desnuda Alejandro
en bellas palabras,
esta forma de querer tan bonita
que es la amistad.

Amiga mía no oculto ni quiero ocultar nunca
este amor tan bonito que llevo aquí dentro
y siento tan especial.

Amiga mía hoy tal vez la distancia
nos vuelve a separar,
aunque en mí siempre estás presente,
como en esos momentos en que supiste estar,
como cuando de todo nos reímos
y sin darnos cuenta, volando el tiempo se nos va.

Aniversario

Se viene nuestro día,
tenemos que festejarlo.

Quién lo hubiera dicho:
yo contigo…tú conmigo en un amor,
nuestro gran amor que tanto amamos.

Yo sé que me quieres
y tú que te quiero tanto.
A ver si me sorprendes una vez más
y me iluminas con una rosa
y nos quedamos mirándonos
tú mis ojos serenos,
yo en tus ojos el encanto,
el encanto de tu amor, de ser dos,
de querernos tanto.

Si tuviera los versos más tristes este noche

Quien pudiera escribir los versos más tristes
esta noche...
Si los tuviera… se los llevaría y en ellos
se daría cuenta de cuánto la estoy queriendo.

Quién pudiera escribir los versos más tristes esta noche.
Quien pudiera escribirlos, los escribió tan bellos
aquella noche, que si ella pudiera verlos,
si yo pudiese leérselos,
al escucharlos se daría cuenta
de que se puede quererla tanto como la quiero.

Quién pudiera escribirlos esta noche,
es que ya no los tengo
quisiera dárselos, pero no los tengo,
quisiera escribírselos, pero bien no los recuerdo.

En ellos los versos caen al alma.
La noche se hace aún más inmensa
si ella no está conmigo.
En ellos los vientos giran el cielo y cantan
como alguien a lo lejos.

Quién pudiera escribir

los versos más tristes esta noche.

En ella, en esta noche me desespero

en ella voy sintiendo que la pierdo

y ya no los recuerdo.

No puedo escribir los versos más tristes esta noche,

no puedo.

Si los tuviera, si tan solo pudiera leérselos...

Al escucharlos ella se daría cuenta de cuan inmenso

es este amor que por ella estoy sintiendo.

(Tributo a Pablo Neruda y a su poema Número 20)

Contigo

Si supieras cuánto te quiero,

si tan solo lo supieras

ahora que estas delante de mí,

y no me miras a los ojos

y no sonríes como siempre.

Ahora que no me abrazas

y me voy yendo

tan solo y perdido.

Ahora, ahora que si supieras,

que si tan solo supieras

cuánto te quiero amor mío.

No dudarías un instante

y me abrigarías en tus brazos

para siempre contigo.

Viajero

¿Viajas…?

¿Hacia dónde viajas

viajero mío...?

Llévame contigo

hacia donde vayas,

que el cielo será testigo

de si ese día tú y yo

llevaremos los cuerpos vestidos.

¿Te quedas?

Quédate entonces conmigo,

busca en mis ojos,

arrópame en tus besos,

quédate en la noche queriéndome,

teniéndome aquí delante

entre tus ojos y los míos.

Homenaje a Alfonsina Storni

¿Para qué el amor…?

El amor, para que la fuerza de tus brazos
me sostengan la vida.

Para que te pierdas en mis ojos
esta tarde de invierno,
esta tarde tan fría.

Para que nunca perezcas
y más aún vivas llena de alegría,
cuando te recuerde los momentos,
aquellos que más ilusión te hacían.

Para que me lleves de lado
y me lleven tus pasos cada día.

Para que te bese las manos
y me pidas con ello
que te quiera un poco más vida mía.

El amor para aferrarme a tus manos
y al mirarte se iluminen tus ojos,
y en un suspiro te cubras de besos y caricias,

y así quieras quedarte
aún y siempre a mi lado,
en mis sueños,
en mi vida.

No lo hagas

No recuerdes

si esta noche fue especial para ti

y mucho menos que lo está siendo para mí.

No te des cuenta de lo que siento

si te estrecho más de la cuenta en este abrazo.

Para qué hacerlo…

No entiendas mañana al despertar

si son estos besos los únicos que quiero dar.

No me mires a los ojos,

la ternura que hay en ellos

me harán infinita tu ausencia en la semana.

No me acaricies dulcemente el rostro

una vez más, no lo hagas.

Al menos mientras callas en besos,

estos ilusos labios.

No me regales esta ilusión de encontrarte.

Ya sabes…La resaca del amor es insoportable.

A la ventana

Te ves tan bonita a la ventana…

Mis ilusiones, mis sueños,

el gran trayecto de la vida...

El paisaje, todo lo atesorado en la casa

me cautiva, me maravilla.

Especialmente él nuestro gran tesoro.

Especialmente todos en esta bendita piña.

Cuan monarca más jubiloso en su reino.

Cuan mendigo más rebosante de gozo ante sus sueños.

Infinitamente en este preciso instante

es mi corazón el más agraciado,

y a Dios, eternamente a Dios

el más agradecido.

Homenaje a Vicente del Bosque

Romancero

He Morado en el silencio
el paso que a dar no me atrevo.
Le he querido a paso firme
como a nada y casi todo.

Duermo ahora en su pecho
sueños, caminos libres de casi todo,
de las miradas distintas que nos contemplan,
sin comprender que el amor es para todos.

He querido una tarde de otoño tomarte de las manos,
pasearte por las calles de Madrid
ante las miradas distintas
y decirles que es amor
lo sentido por ti,
amor... ¡Simplemente amor…!
Ello lo es todo.

Homenaje a Federico García Lorca

CUENTOS

La taverne de Monsieur François

Sí, si uno... quiere deleitarse con un momento único bebiendo una excelente champagne. Es menester no haberse impregnado previamente de cualquier otro inoportuno aroma, el cual inhiba nuestro delicado olfato, e imprescindible es por cierto una estrechísima copa flauta, y que la misma contenga esas emergentes e inquietas burbujas y la tan efímera pero a la vez siempre esperada fiesta, que nos depara la chispeante espuma. Porque claro, boire du champagne, est toute une fête. Entonces, por ejemplo, servirla asi, metódicamente asi en la copa. Su copa que por cierto es única. Como ella no queda una bendita réplica en la toda la bodega. Son de esas cuya apenas pronunciada curvatura y elegancia de antaño ya no se consiguen, su cristal no se consigue. Por ejemplo, oír, oír así... ¿Puede oírlo, oír como perdura agudo y limpio su sonido en el aire?

Y desde luego mademoiselle no debe olvidar nunca. Ve, así, así debe servirse, cogiéndola por el cuerpo, ¡nunca jamás por el cuello! La botella de champagne es por siempre una elegante y refinada dama que accede gentil y cortésmente desde nuestras manos, al esplendor de un vals, a las esplendorosas luces de un salón dorado. Destellando en cada espejo, en cada pendiente incrustado de diamantes, en cada collar de perlas, en cada joya inmejorable. Aunque ciertamente, en cada bellísima mujer que en sí misma los lleva. ¿Puede mirarme a los ojos, levantar la mirada? ¿Le estoy aburriendo mademoiselle, es ello verdad? Me temo que sí...

Fallas 1946

Deberías creerme. No, no es la fría y plomiza lluvia parisina y de noviembre la que nos espera ahí afuera. Aquí, aquí todo es diferente, pura fiesta. El esplendor del sol en la mañana, la alegría de la gente en la calle sabe a fiesta. El aroma intenso de la pólvora humeante en el aire, arrojada en innumerables petardos por incansables niños, en casi todo se impregna. Más allá, el sol calle abajo aún más se adentra. Aún más fulguroso, aviva esplendorosos vestidos de niñas falleras, quienes no ocultan en sus mejillas la alegría inmensa. Desfilan en coloridas procesiones, seguidas de músicos batiendo ensordecedores platillos, clarinetes y trompetas.

Quién pudiera ser Sorolla en este preciso instante... Y detener así el tiempo, retratarlo todo en una de sus obras y así tal vez pudieras disfrutar también de la fiesta. Quizá algún día en una exposición, quizá algún día cuando pases por Valencia. Suena el móvil otra vez...

El loco de la fuente

Farolas como astros en la inmensidad de la noche, y ni un sólo ápice más de luz en las ventanas altas, en los anhelos de un poeta que profundamente descansa, en la invernal Montpellier, en sus calles olvidadas. Más abajo tiemblan risueñas, doradas, acariciadas en la dulzura del viento otoñales hojas al borde de la fuente. Más abajo, la quietud del agua sumergida en sí misma indiferente desoye deseos, la contradicción del mundo.

Tonterías del siglo XIX

Aquel frágil aspecto de la pequeña niña, trayendo casi a la rastra la gran cesta de pan de cada mañana, recién horneado, aún humeante a la casa, refugiándose luego cerca del fogón del gran salón, le recuerda la mísera vida en que está sumida Cosette, personaje tantas veces estremecedor de Les Miserables, última obra literaria del escritor Víctor Hugo, la misma que viene trascendiendo desde hace una década en el viejo continente.

Más allá del ventanal del imponente salón, afuera, en medio del lodo y de la calle, la rusticidad del hombre que acarrea la gran barrica de agua, traída sobre ruedas desde río abajo le desvía la atención. Sabe bien, en la casa no hay una gota de agua, y aunque la sirvienta Caridad está enferma, y el criado Cirilo no está en la casa, se desentiende, mira a los lados, ahora las manos de la niña aún entumecidas por el frío traído desde fuera, contrastando con las suyas, suaves, cálidas, refinadas. Más abajo, sus botas impecables, estaqueadas en el suelo dan cuenta de su parsimoniosa voluntad. Una vez más, se detiene a observar su aspecto señorial ante el espejo y calla, baja la mirada, no dice nada del hombre afuera.

Bernardino Manuel Ascencio había nacido en el seno de una familia adinerada para hacer nada. Su tío Acevedo Galván Ascencio, gran responsable de la fortuna de la familia, ahora venido a menos en el estatus social y político. Inmerso en la pobreza desde que el presidente de la nación Juan Manuel de Rosas ascendió al gobierno.

A modo de recelo y cuando tenía oportunidad de encontrar a su sobrino husmeando en el mercado se lo reprochaba. Bernardino era para él un nada ni nadie, a duras penas un escritor menor por no decir un fracaso.

En aquellos años, sus apenas cuatro libros publicados no habían alcanzado reconocimiento alguno en el ámbito social y mucho menos en el académico. Bernardino, ante esta indiferencia,- según su consideración- se escudaba siempre en la envidia e incomprensión que despertaba en la gente, quienes a su vez lo consideraban también a su parecer, un «copetudo», en fin, un refinado de la esbelta sociedad.

Los verdaderos cobardes

A juzgar por lo que veo, nadie se atrevería a insinuar una sola palabra ante tamaña desigualdad. Morimos de rabia, rabia impregnada en todo nuestro corazón, pero no, no movemos un solo dedo ante el clamor de los más débiles.

Un oficial vuelve a empujar a la mujer, ahora harapienta la arrastra contra el muro del puente. Ahora son otra vez mis piernas, descontroladas tiemblan y solo vuelvo la mirada, cubro mi cabeza, mis oídos con todas mis fuerzas y ya no logro soportarlo, me niego a esta realidad.

Otro soldado de menor rango, vociferando nos vuelve a intimidar con su fusil, nos obliga a levantar la mirada, a presenciar el horror. A mi lado un hombre mucho más joven comienza a sollozar. El soldado no soporta el llanto, se llena de ira, le grita que se calle, lo increpa, lo maldice una y otra vez, le apunta a la cabeza. Su rostro bajo el casco lleno de sudor se desencaja, se desespera, vuelve a apuntar con su fusil y finalmente enceguecido de odio gatilla. El disparo se atasca, su fusil se atasca y ante su asombro, todos se abalanzan sobre él. A golpes con hierros y trozos de escombros lo despedazan sobre el empedrado.

Más allá en el puente, el oficial estupefacto deja a la mujer, intenta reaccionar, empuña su fusil pero al momento se da cuenta que está solo, que correrá la misma suerte de su compañero y aterrorizado se marcha, huye desesperado tras sus pasos, con la única razón insustancial de sobrevivir en este mundo.

Principios oscuros del siglo XX

Irrumpir,

sueños oscuros.

Lados penumbrosos llevados dentro.

Mis ojos, feroces formas.

Espectros ocultados en lo incierto.

Lo horroroso, lo abominable no es mío.

Es de antes, de la guerra, del odio del mundo.

Ahora la nueva vida comienza.

La nueva niñez corre como en un juego.

Yo liberado al fin,

he de correr junto a ellos.

Homenaje a la creatividad artística de Salvador Dalí

Perdido en las antiguas calles de Valencia

Aquella tarde me dejé llevar por la curiosidad de mis pasos. Aquella tarde curiosamente me adentré en esa calle angosta, ahogada de casas de hasta tres plantas de altura. Era empedrada, tan angosta y más aún sus aceras donde había paso para solo una persona. Más me adentraba, más me interesaba en los detalles de esas antiguas casas. Sus puertas, más portales que puertas, construidas en rústicas maderas, labradas artesanalmente vaya a saber uno cuantos siglos anteriores de mi aventura en ellas.

Llevaban cada una un llamador de hierro o bronce de figuras dispares. Cobrando vida y tributo a lo insólito de la imaginación de los hombres, de la antigua y mitológica Grecia.

El cielo de la calle estaba celeste inmenso, despejado de nubes y de casi todo, menos de unas gargantas de leones de piedra, leones feroces, colgados de las terrazas, suspendidos en el aire, sostenidos sospecho por algún contrapeso. Las gargantas de estos dejaban pasar en las lluvias de invierno, toda agua acumulada en las azoteas. Me hubiese sentido del todo fuera del tiempo, de no ser por el estruendo que causo en mí y en todo el silencio de aquella calle, el claxon de un coche tan moderno que se perdió enseguida en el empedrado, unas calles más abajo. De momento regresaba el silencio, el que me ayudaba a vivir extrañamente perdido en el tiempo.

Pasé a notar también, que las casas no tenían ventanas en las plantas bajas. Eran semejantes todas las fachadas, se repetían los bloques grisáceos de piedra, cementados unos sobre otros hasta llegar a las azoteas de los leones, y ahora también gargantas de hombres horrendos, desproporcionados, hombres también de piedra, solitarios. El silencio acaso vacío, la soledad que reinaba, la falta de cortinas y el polvo excesivo en las ventanas altas, me hizo suponer que desde hacía tiempo ya nadie las habitaba. Había caminado bastante, lo supe porque quería descansar. Al llegar a una esquina tomé por una calle que descendía a una especie de plaza pequeña; al llegar confirmé la sospecha y a los bancos tan ansiados a esa altura de la caminata.

Mientras me dignaba a descansar vi en la plaza, en su centro exacto, a unos veinte pasos de mí una fuente, y en ella a una mujer pálida, cristalina; tenía la mirada tibia, tenía algo de ángel, algo de tristeza y alegría. Era una mujer bellísima, endurecida tal vez por el mundo, por la vida en esa coraza de mármol en que vivía. Al borde de la fuente la seguía la mirada de un niño que estaba en vida, que estaba solo, descalzo, confesándole bajo y desesperado sus secretos, sus fantasías. A la mujer que lo observaba silenciosa desde el centro de la fuente, a ella se le estremeció el rostro, el corazón ante tanta fragilidad y ternura, empalideciendo aún más, a tal punto que tuve que cubrirme de aquel intenso resplandor... y ya solo escuché su voz, tenía que ser solo la suya, solo su voz tenue aunque desesperada clamando al niño: « ¡Corred, corred niño lejos de aquí... lejos de este mundo…! »

Valencia, primavera de 2005

La danza un poco especial

Hazlo... ven aquí, quédate un momento más a mi lado, sigue escuchando mis tonterías, esas de que aunque nunca nos hayamos visto antes, me quiera quedar hasta siempre a tu lado. Quizá esté un poco loco y mis sortijas sean de plástico, de los chinos, de color anaranjado, pero tienes que creerme, lo que digo es cierto; además estás tan bonita esta noche que indistintamente de estar loco o cuerdo, no dudaría un instante en quedarme a tu lado.

Hazlo, no te detengas... sigue dando vueltas y vueltas aunque me duelan las puntas de los pies si pisas una vez más estos zapatos que me gustan tanto; y aquellos extraños al parecer se estén encariñando demasiado con mi chaqueta, y aun así me quede un instante más en el cielo de tus ojos, y este así del todo mareado... Finalmente qué más da, si desvanezco entonces como alguna vez he soñado tanto, al fin así, así tan dulcemente en tus brazos.

El viejo Michel

Siempre se valora o bien se añora lo que ya no tenemos, lo que obligados por el destino debemos dejar de valorar... Balbuceó convencido de estas razones después de beber su último y largo trago de coñac. Por cierto, tragó del coñac más barato que Michel acostumbraba a pagar, en la también más barata taberna de la ciudad.

Después de algunos graciosos y bruscos ademanes, de esos que solo los locos en sus perdidas razones nos saben regalar, revolvió su abrigo estrujándolo una vez más, hallando así en su reloj de bolsillo, una gran preocupación de la que nadie se pudo percatar. Ya sin más ni más, contrariado en su mirar, partió presuroso abriéndose anónimo camino entre la muchedumbre de aquella noche, noche tan fría y festiva, que como de costumbre por estas fechas nos ofrece la ciudad.

Desde aquella noche por la taberna, no se lo vuelve a encontrar. Se comenta que ha perdido el juicio por completo, que las últimas semanas baja borracho y harapiento al cauce del Turia, vociferando a los cuatro vientos el nombre de un tal Christian. Se dice era un viejo amigo, que vaya a saber uno por qué cosas de la vida tuvo que marchar lejos, a un país remoto del sur de América, y que al parecer de todo este asunto, ya no se supo más.

Temporada Festival de Fallas, Valencia 1946.

A orillas del mar

Por un momento tuve la ilusión de que te podría encontrar. Chapoteé como un niño, toda la tarde a orillas del mar. La brisa era fresca e intensa, y la inmensidad del agua aún tibia de verano se balanceaba calma, más clara que nunca, de un verde esmeralda que muy pocas veces pude apreciar. Un verde aún más intenso cuando de entre las nubes del tormentoso cielo, un tímido rayo de sol se lograba filtrar.

Por un momento dejé de nadar, me detuve mar adentro para ver golpear ante mis ojos, la incesante lluvia sobre el mar.

Malvarrosa, septiembre de 2006.

ANOTACIONES

Carta a mi amada
(Ludwig van Beethoven, 1770)

Beethoven ha sido el gran músico, el último que dio el período clásico e iniciador de la era romántica. Caracterizada por un singular y virtuosísimo soñador romántico como Fredéric Chopin entre otros célebres de la época.

Recibió influencias de un talento tan preciado como Hayden y de la genialidad de Mozart.

En este fragmento se pueden evidenciar varios aspectos de su vida. Goetthe era una de las personalidades más trascendentes de la época. Al igual que Beethoven, desafortunadamente padece el desamor.

Después de varios intentos felizmente logran reunirlos. Él, de irascible carácter y originario de familia flamenca, lamenta no ser suficientemente comprendido por el poeta, aunque ello no fue un impedimento para seguir trabajando en mutua colaboración.

Goethe tiempo después hace mención a lo tan comentado en la época: el malhumor, el pésimo carácter del músico: «Es de entenderse su actitud ante el mundo debido a sus desgracia». Por entonces Beethoven ya muy afectado de sordera, lo atormenta aquella pérdida tan significativa. Felizmente siquiera ello impidió que percibiese atronadora ovación en el estreno de su obra magna: «La novena sinfonía».

Disimuló este mal en público, argumentando a modo de engaño una supuesta pérdida paulatina de memoria. Al respecto en el poema «Carta a mi amada» pareciera caer en igual circunstancia, aseverando que por propia voluntad ya no habrá de escuchar más nada, ni a nadie.

Por si todo ello no fuese suficiente, otro enésimo mal trago arribaba, y el mismo se resumía al enfrentamiento legal con la esposa de su hermano ya desaparecido. Disputando así lo que tercamente mejor considera en ese entonces, la tenencia de su sobrino.

Otro gran tormento para el compositor era sin duda su desdicha en el amor. La frustración de no contraer matrimonio con la joven que tanto ama. La misma que tiempo después debe marcharse lejos del compositor y a la cual redacta una carta apasionada.

En el poema se recrea al gigante de Bonn en ese momento crucial de su vida, renegando del mundo y de sí mismo, aunque sin dejar de esperanzarse en su gran amor, siendo por entonces quizá el único haz de luz adentrándose en su alma.

Si tuviera tus versos esta noche

En el poema-homenaje a Pablo Neruda, surge la voz de un joven enamorado, desesperado, lamentando en la inmensidad de la noche no poseer los versos más tristes del poema número 20, propio del poemario «Veinte poemas de amor y una canción desesperada».

El joven ante la inevitable pérdida de su amada, rememora en su afán, bellísimos fragmentos del poema original de Pablo. Estos ya gratamente nos adentran en la atmósfera poética y maravillosa de aquella noche infinita de estrellas, donde el enorme poeta de Chile y del mundo, va también padeciendo la pérdida de su amada.

En tiempos de amor

En el poema se puede apreciar para los que leyeron la literatura de Gabriel, un recorrido implícito por su obra, y para los que no, versos quizá agradables y que dan cuenta de la creación mágica y posible del escritor en la literatura.

Por otro lado el poema quisiera dejarnos un mensaje alentador, lleno de esperanzas ante las adversidades de la vida y un último anhelo donde se clama por el cambio tan necesario. Entonces, que seamos menos hombres sin sentido, que nos parezcamos mejor y en lo posible cada vez más al lado bondadoso y desinteresado que tantas veces nos muestran los niños. Que extendamos nuestras manos, que compartamos lo único llevado en ellas, y así podamos devolverle al mundo, a la vida, toda la alegría que viene necesitando.

Alfonsina Storni

Alfonsina nace un 29 de mayo de 1892 en Sala Capriasca (Suiza). Llega a Argentina a la edad de cuatro años. Fue madre, maestra, actriz en una compañía de teatro que la lleva a recorrer varias provincias del país. Siempre muy trabajadora y por cierto una gran poetisa.

Pionera en la poesía de principios de siglo veinte, junto a poetisas como Gabriela Mistral, Dalmira Agustini, Juana de Ibarbourou, Dulce María Loynaz y Eugenia Vaz Ferreyra entre otras celebres. Con ellas se acrecentó por entonces y con justicia la valoración y condición pensante de la mujer en todo ámbito social.

A continuación sus primeros recuerdos:

"Estoy en San Juan, tengo cuatro años, me veo colorada, chatilla y fea. Sentada en el umbral de mi casa, muevo los labios como leyendo un libro que tengo en mi mano, y espío con el rabo del ojo el efecto que causo en el transeúnte. Unos primos me avergüenzan gritándome que tengo el libro al revés y corro a llorar detrás de la puerta".

En este libro hay un modesto poema en homenaje a Alfonsina. El mismo influenciado entonces por otro poema de la poetisa: «La caricia perdida». En ese poema tan suyo el viento le regresa las caricias de un viajero. El amor estaba intacto en sus versos. Pude verlos, pude sentirla queriendo. Es mi deseo aún y siempre Alfonsina, que puedas seguir queriendo.

Quinquela Martín

Benito Quinquela Martín fue un artista plástico argentino. Retrató el puerto del Barrio de la Boca, ubicado en Buenos Aires. Sus obras se caracterizan por las grandes dimensiones en muchas de ellas en muros, lienzos, aglomerados, etc. También por sus colores y trazos intensos, expresivos y por la elección de que fuera su único tema elegido para toda su obra: su puerto de La Boca.

En el poema «Puerto mío» se plasma implícitamente parte de su vida, su niñez difícil; en ella es abandonado teniendo apenas tres semanas de vida en el portal de un orfanato. Del mismo es al fin adoptado a la edad de seis años por el matrimonio constituido entonces de Manuel Chinchela (genovés) y Justina Molina (entrerriana). Sus nuevos padres lo llevan a su hogar en las inmediaciones del puerto de La Boca. Hogar donde el matrimonio tenía una tienda de Carbón, en la cual el niño Benito Quinquela da sus primeros pasos laborales. Niño que con el paso del tiempo se convertiría en el gran pintor del barrio de La Boca, único título que siempre anheló y sintió que le correspondía, dejando de lado toda progresión de su carrera para centrarse en su proyecto más ambicioso, el de suplir las carencias sociales de la gente de su barrio.

Quinquela había sido catalogado por los caracteres de sus obras, como el único pintor moderno susceptible de comparación con Vincent van Gogh. Se ha dicho: entre ellos hay un parentesco espiritual, sus colores y trazos eran expresivos e intensos entre otros rasgos de sus obras. Se ha dicho igualmente de Quinquela Martin que ha sido un impresionista sin proponérselo.

Puerto mío

En los primeros versos del poema «Puerto mío» se hace referencia a sus colores tan vivos e intensos. Aparecen implícitos títulos de dos pinturas del artista: «Sol de mañana» y «Barcas en el riachuelo» realizadas en aglomerado y lienzo.

También sensaciones experimentadas por el impresionista en sus obras. La de renovarse en las mismas sin salir de su único tema elegido para ellas, entonces a su tan estimado puerto, al cual se había consagrado.

«Mundo de mis mundos…», así se evoca la abstracción unívoca del artista en su obra. En otros versos se hace mención a aquellos colores que de muy niño no logra alcanzar en el orfanato, anhelando de entre ellos los más necesitados, así como el rosa maternal en una caricia, o el arco iris de ensueño que encierra un abrazo en familia. Estos colores al fin conseguidos ya siendo un hombre de arte.

Pintó la actividad laboral del puerto de principios de siglo XX. A los estibadores en su trabajo áspero y agotador de la época como lo era la carga y descarga de carbón. Trabajo que supo emprender el artista a pesar de su contextura delgada.

No podía faltarle el amor y en la claridad de una mañana le llega en este poema. También el don de perdonar y querer. También un deseo que le llega en vida, el de ser reconocido y recordado como el gran pintor del barrio La Boca, y de esta forma permanecer por siempre en su barrio y su gente que lo lleva y llevará siempre en boca y alma, y en las coloridas fachadas de las casas en homenaje al talento, bondad e inmensa generosidad del artista hacia las necesidades sanitarias y de educación para la gente de su barrio

Vincent van Gogh

A escasos 35 kilómetros de distancia de París, el pueblo de Auvers sur Oise recibe a Vincent desde el 20 de mayo de 1890 hasta la madrugada del 29 de julio del mismo año. Periodo en el que produce sus últimas obras de forma frenética, para luego despedirse no sin antes dejarnos su vasta producción pictórica, su gran obra, su último adiós.

En el poema se recrea a Vincent en la estación de Auvers en el crepúsculo de un atardecer que lentamente se va desvaneciendo. A Vincent se lo describe avistando en el horizonte esa luz de esperanza que aún conserva en aquellos momentos, la luz de un tren a lo lejos, el último de aquella tarde donde quizá le llegase la calma anhelada, la paz interior tan necesitada.

Vicente del Bosque

Si buscásemos minuciosamente en cada cultura o sociedad, encontraríamos sin mayor dificultad, personalidades que por sus virtudes y atributos logran un magnetismo tal, que permanecen presentes en la conciencia social.

Juanote en su enriquecedor y laborioso acto presencial, no solo enaltece los valores adquiridos de sus padres, sino que los propaga modélico cuan escultura viva a través del tiempo.

Jiddu Krisnamurti nos recuerda: "si usted cambia, todo su alrededor cambia. Tú eres una especie de modelo, tú modelas a los demás, y es entonces que las circunstancias comienzan a cambiar".

Michel Foucault resalta que no hay nada más esperanzador para nuestra existencia que los buenos actos, dado que los mismos inspiran indefinidamente otros nuevos.

Quinquela Martín trabaja incesante en sus sueños, tanto que logra convertirse en un hombre de arte. Un hombre que generosamente extiende su espátula más allá del soporte de sus obras, creando centros de salud y de educación para suplir necesidades del individuo en la sociedad que lo rodea.

Vicente pareciese que desde su etapa como formador y educador de chavales en las canteras de fútbol, nunca se hubiera apartado de su natural condición docente.

Se puede apreciar en cada exposición pública, tirando de jerarquía, pidiendo el balón, asumiendo consciente y con responsabilidad su condición de referente que deviene inevitablemente modélica. Cuidando las formas, moderado, imparcial, llamando a la concordia, a hacer piña, a esa unidad que a veces echamos en falta y que en tantas otras oportunidades logramos felizmente conciliar. En otros casos respaldando carencias del individuo en la adversidad, también asistiendo a eventos de beneficencia social. Vicente concluye sabiamente que no hay nada más rentable para todos que la generosidad. La repercusión de un acto generoso, de bondad, se extiende infinitamente más allá de sí mismo devolviéndonos socialmente y con creces, todo esfuerzo y dedicación empleados en dicha experiencia de amor, gratitud a la vida y generosidad.

El escritor Hispano-Argentino
Juan Pedro Molina, nace un 9
de enero de 1974 en Ensenada,
Buenos Aires, Argentina.
Su vida transcurre mayormente
en la ciudad de La Plata.
En 2004, decide dedicarse por
completo a sus obras poéticas,
siendo por entonces estudiante de
psicología en la universidad
de la misma ciudad.
En 2005 logra su primer libro en
versos:
Confesiones de amor.

www.ingramcontent.com/pod-product-compliance
Lightning Source LLC
LaVergne TN
LVHW051302200726

843510LV00010B/1245